MÉMOIRE

SUR DES

Mines de Cuivre, de Plomb argentifère, de Blende et de Fer

EXISTANT DANS LE DÉPARTEMENT DES

ALPES-MARITIMES

ou sur la frontière d'Italie

NICE

TYPOGRAPHIE, LITHOGRAPHIE, LIBRAIRIE ET PAPETERIE J. VENTRE ET Cie

6, Rue de la Préfecture et place de la Préfecture, 1

—

1896

MÉMOIRE

SUR DES

Mines de Cuivre, de Plomb argentifère, de Blende et de Fer

EXISTANT DANS LE DÉPARTEMENT DES

ALPES-MARITIMES

ou sur la frontière d'Italie

NICE

TYPOGRAPHIE, LITHOGRAPHIE, LIBRAIRIE ET PAPETERIE J. VENTRE ET Cie

6, Rue de la Préfecture et place de la Préfecture, 1

1896

MÉMOIRE

sur des mines de Cuivre, de Plomb argentifère, de Blende et de Fer

Existant dans le département des Alpes-Maritimes, ou sur la frontière d'Italie,

Et qui ont fait l'objet d'une convention entre **Monsieur VERHOEVEN** *et* **Monsieur PASTORET,** *directeur des Domaines en retraite, Chevalier de la Légion d'honneur.*

PREMIÈRE PARTIE

NOMENCLATURE DE CES MINES

1° La concession de la mine de *Cuivre panaché de Cluchelier*, commune de Valdeblore, en territoire Français ;

2° La concession de la mine de *Cuivre sulfuré*, dite *Rancels*, commune de Roure, en territoire Français ;

3° La concession de la mine de *Cuivre* pyriteux de la *Chalanche de Charontes*, commune de Rimplas, en territoire Français ;

4° La concession de la mine de *Fer* de *Millefonts*, en territoire Italien, sur la frontière ;

5° La concession de la mine de *Fer* de *Chastel*, partie en territoire Français et partie en territoire Italien ;

6° La concession de la mine de *Plomb argentifère de Castiglione*, en territoire Italien, près la frontière et à proximité du village Français d'Isola ;

7° Enfin divers gisements de *Blende* et de *Plomb*, qui n'ont encore été explorés que très superficiellement.

En attendant que nous puissions aller de nouveau sur les concessions que nous avons déjà plusieurs fois visitées, et nous y livrer à de nouvelles études, nous croyons devoir fournir quelques indications générales qui seront utiles à l'ingénieur qu'une Société pourra avoir à charger de rédiger, après un examen approfondi, un rapport technique sur ces divers gisements.

VOIES DE COMMUNICATION

Ces divers gisements sont tous à proximité de la vallée de la Tinée ; on s'y rend en empruntant le chemin de fer du Sud (de Nice à Puget-Théniers) jusqu'à la gare de la Tinée, par 29 kilomètres ; à cette station, on trouve des voitures publiques qui font un service régulier dans toute la vallée jusqu'à Saint-Etienne-Monts, par la route Nationale n° 205, en passant par la Mescla, confluent de la Tinée et du Var, par la Boulinette, par le village de St-Sauveur (chef lieu de canton) et par Isola.

La distance est, savoir :

De la station de la Tinée à la Mescla	4.000 m.
De la Mescla à la Boulinette, c'est-à-dire à l'embranchement de la route de Valdeblore	18.500 »
De la Boulinette à St-Sauveur	4.500 »
De St-Sauveur à Isola	14.000 »
Total.	41.000 »
Report du parcours en chemin de fer.	29.000 »
Total de la distance entre **Nice** et **Isola**	70.000 m.

La mine de cuivre panaché de Cluchelier se trouve aux abords du village de Valdeblore, auquel on accède par le chemin vicinal, sur un parcours de 8.500ᵐ., depuis la Boulinette (voir ci-dessus), ci.

depuis la Boulinette (voir ci-dessus), ci.	8.500 m.
de la station de la Tinée à la Boulinette.	22.500 »
Total.	31.000 »
De Nice à la Mescla (chemin de fer).	29.000 »
Total de **Nice à Valdeblore**.	60.000 m.

La mine de cuivre sulfuré de *Rancels* est à proximité du chef-lieu de canton de St-Sauveur, distant de Nice, savoir :

Par chemin de fer, de	29 k.
Par route nationale, de	27 »
Total de **Nice à St-Sauveur**	56 k.

Au lieu d'emprunter le chemin de fer, sur 29 k., on peut se rendre de Nice aux diverses mines, en voiture, par la route nationale ; mais la distance à parcourir serait augmentée de 5 kilomètres à cause des sinuosités de cette route.

On aurait alors :

De Nice à la Boulinette.	56.500 m.
De Nice à Valdeblore.	65.000 »
De Nice à St-Sauveur.	61.000 »
De Nice à Isola.	75.000 »

Il semble à première vue, que les frais de transport des produits des mines, à de telles distances, seraient excessifs, mais il n'en est rien.

De l'avis d'Ingénieurs des mines très compétents, et qui se sont livrés, à cet égard, à des études très sérieuses, la mine de Chastillon était exploitable avantageusement alors que la route nationale n° 205 s'arrêtait au village de St-Sauveur et que le chemin de fer du Sud n'existait pas. A plus forte raison en est-il ainsi aujourd'hui que le coût des transports se trouve considérablement diminué.

Ainsi, on avait établi que les frais de transport d'une tonne de produits, de Chastillon à Nice, devait être de. . . . . fr. 42 50

Avec les moyens actuels ce coût se trouve réduit à. . . .	fr.	14 60
Savoir : de la mine à Isola par un chemin de fer Decauville. .	fr.	2 50
D'Isola au chemin de fer, par charrettes, au maximum		10 »
De la station de la Tinée à Nice		1 10
Total. . . .	fr.	14 60

Transport spécial du confluent du vallon des Verps, qui se trouve au pied de la mine de Chastillon, au village d'Isola, ou soit à la route Nationale n° 205.

On pourra employer l'un des deux modes suivants : une route forestière ou un chemin de fer Decauville.

La commune d'Isola possède, dans la vallée de Chastillon, de vastes forêts dont l'exploitation est aujourd'hui fort couteuse ; aussi la commune avait-elle manifesté l'intention de concourir pour moitié à la construction d'une route forestière. Il conviendra de se mettre, à cet égard, en rapport avec la commune.

A défaut de route forestière, on pourra établir un petit *chemin de fer* économique, *système Decauville* avec un matériel spécial aux entrepreneurs de travaux publics, de 0^m,50 c. de largeur, de rail à rail, qui reposeraient sur des traverses faites en bois de mélèze, essence très nombreuse dans le vallon de Chastillon ; on suivrait les sinuosités du terrain, sur l'horizontale, avec une pente perpendiculaire régulière, de façon à ce que une bête de trait put remonter les wagonnets vides, ou avec une légère charge de provisions de toutes sortes, soit pour l'alimentation du personnel, soit pour les besoins de l'exploitation.

On peut évaluer les frais généraux de ce petit chemin de fer, Savoir :

Intérêt du capital employé	fr.	2.000 »
Service de la traction : un mulet ou un cheval, et un conducteur à 8 francs par jour (pour 300 jours de travail)	»	2.400 »
Entretien de la voie et du matériel, par approximation . . .	»	1.225 »
TOTAL	fr.	5.625 »

On peut affirmer qu'un tiers de cette dépense serait récupérée par le produit des transports faits pour le compte de tiers. Il resterait à la charge de la mine 3.750 francs qui se répartiraient sur les 1.500 tonnes des produits annuels soit deux francs cinquante centimes les mille kilog. . . . fr. 2,50

Transports par charrettes d'Isola à la gare de la Tinée :

Autrefois, les transports par charrettes ne pouvaient se faire qu'entre St-Sauveur et Nice ; ils étaient évalués à quinze francs les mille kilog. entre ces deux localités ; à ce chiffre il fallait ajouter les frais de transport, à dos de mulets, d'Isola à St-Sauveur.

Dans l'état actuel, les transports se feront, d'Isola à la gare de la Tinée, sur 41 kilom., au moyen de charrettes qui mettront deux jours, au maximum, pour faire un voyage. Ces charrettes, attelées de trois chevaux, porteront aisément cinq mille kilog. la route ayant une pente toujours régulière, en suivant le cours de la rivière ; elles pourront, à la remonte, porter de légères charges, pour le service de toute la vallée, ce qui sera une source de revenus de nature à diminuer le coût des transports des produits de la mine.

On peut donc évaluer au maximum à dix francs le coût du transport de mille kilog., avec la certitude que ce chiffre ne sera pas atteint.

Il ne faut pas perdre de vue que le trafic entre Nice et la haute vallée de la Tinée a considérablement augmenté depuis la construction du chemin de fer du Sud et la prolongation de la route nationale jusqu'au delà d'Isola. Il y aura, là, un aliment énorme pour le charroi, dont l'entreprise des transports des produits de la mine profitera nécessairement, car elle pourra défier toute concurrence.

Si, au lieu de passer un marché avec un entrepreneur, pour le transport de ses produits, la Société minière prenait le parti de faire elle-même ce transport, elle réaliserait une notable économie.

Ce service serait organisé au moyen :

1° de deux charrettes qui coûteraient ensemble la somme de . .	fr.	1.200 »
2° accessoires, tels que harnais, cordages, etc., approximativement la somme de	»	1.200 »
3° achat de six chevaux ou mulets, à 800 fr. l'un, la somme de .	»	4.800 »
TOTAL	fr.	7.200 »

L'intérêt de ce capital à cinq pour cent par an serait fr. 360, mais il conviendrait de pourvoir en outre à l'entretien, à l'amortissement de la dépense, à se garantir, par une assurance, contre la perte des bêtes de trait.

Pour faire face à ces charges diverses, nous estimons qu'il y a lieu de porter à dix pour cent l'intérêt du capital engagé. Ci . . .	fr.	720 »
Nourriture de 6 bêtes de trait à trois francs chaque et par jour (18 × 365 jours) ci	»	6 570 »
Deux charretiers à trois francs chaque et par jour (6 × 365 jours) ci	»	2.100 »
Depenses imprévues (1 fr. par jour)	»	365 »
Total de la dépense annuelle, pour le transport de 1500 tonnes par an	fr.	9.845 »

La tonne reviendra donc à *six francs cinquante centimes six* au lieu de dix francs que l'on donnerait à un entrepreneur. La Société bénéficierait de la différence soit de 3,44 × 1500 = 5160 francs.

Si à ces 6 fr. 56 c. — ci	fr.	6 56
on ajoute le coût du transport, de la mine de Chastillon à Isola . .	»	2 50
Et de la gare de la Tinée à Nice, suivant le tarif de transport spécial PVI Barème E sur 29 kil., ci	»	2 10
On a pour le coût total du transport, de la mine de Chastillon à Nice, et par mille kilogrammes . . . . *à reporter*. . .	fr.	11 16

Report. . . fr. 11 16

A ce chiffre, il convient d'ajouter les frais de transport de la gare du Sud (Nice) à l'Usine métallurgique près de Marseille, et qui s'élèvent savoir :

Transbordement de la gare du Sud au port de Nice	»	1 50
Nolis de Nice à Marseille	»	5 »
Transbordement du port à l'usine	»	1 »
Total général des frais de transport de la mine de Chastillon à l'usine métallurgique de Marseille .	fr.	18 66

Le prix de cinq francs pour le nolis de Nice à Marseille (St-Henry) peut paraître insuffisant, mais il est le résultat de circonstances favorables dont on profitera :

Il se fait un trafic très important des villages de St-Henry, St-André et l'Estaque, près de Marseille, qui exportent journellement sur tout le littoral et particulièrement à Nice une quantité considérable de produits de leur fabrication, tels que, briques, tuiles etc. On emploie pour ces transports des chalands pouvant porter plus de 300 tonnes et qui sont remorqués par un petit bâteau à vapeur.

Ces chalands retournent à vide à Marseille, ou bien ils chargent, sur leur route, soit du sable à Golfe-Juan, soit des pavés de porphire à St-Raphaël, soit du bois à Ste-Maxime ou du vin à St-Tropez, et celà à des prix extrêmement réduits.

Nous sommes convaincu qu'en donnant un chargement complet, du port de Nice au port près de l'usine métallurgique, qui est leur port d'attache, on obtiendrait un prix encore inférieur à cinq francs, comme nous l'avons évalué plus haut.

Si, au début de l'exploitation, il y avait moins de 1500 tonnes à transporter, on se bornerait à installer une charrette pouvant transporter à raison de 5000 kilog. par voyage effectué en deux jours et par an, de 800 à 900 tonnes.

MAIN-D'ŒUVRE

Il est constant que le Piémont fournit en grand nombre et à bon marché, des ouvriers mineurs, terrassiers et manœuvres, pour l'exécution de travaux publics, de chemin de fer, de routes, et pour toute industrie dans le midi de la France, et particulièrement à Nice.

La voie la plus courte et la plus directe, et, par suite, la moins couteuse, de Coni à Nice, est le col de Sainte-Anne, qui se trouve à proximité de la mine, dans la vallée de Chastillon, et qui vient aboutir à Isola. Aussi cette voie est-elle très fréquentée par les ouvriers piémontais qui se rendent en France; bien que le col de Sainte-Anne soit, parfois, en hiver, d'un accès difficile, il s'y établit généralement entre Coni et Isola un trafic important qui se fait à dos de mulets.

Les émigrants, tous du Piémont, passent par ce col pour venir en France. Il est certain qu'ils préféreront s'arrêter à la mine, qui n'est qu'à quelques kilomètres de chez eux, plutôt que de faire plusieurs centaines de kilomètres pour aller chercher du travail ailleurs.

Dans ces conditions le prix de la main d'œuvre sera très réduit.

La vallée de la Tinée est la plus pauvre de toutes les vallées des Alpes-Maritimes ; ses habitants ne trouvent quelques ressources que dans l'exploitation des forêts et dans l'élevage du bétail, sur de maigres paturages; aussi émigrent-ils en grand nombre pendant une partie de l'année et vont-ils chercher du travail principalement dans le midi de la France; il est clair que du jour où ils trouveront à travailler à des mines situées près de leur domicile, ils ne songeront plus à émigrer, et ils resteront auprès de leurs familles. Ce sont d'ailleurs de bons travailleurs, dont le salaire ne sera pas élevé.

Par ces diverses considérations, on peut affirmer que la main d'œuvre sera meilleur marché que dans bien d'autres mines, et que, si la mine de plomb argentifère de Chastillon offre des inconvénients, par suite de sa situation et de son altitude, d'autres circonstances présentent des avantages réels.

DEUXIÈME PARTIE

Désignation de chacunes des mines concédées, leur topographie, leur gisement géologique, la nature et la teneur des minerais, les travaux préparatoires de recherches et d'exploitation, traitement des minerais.

Comme nous ne sommes pas Ingénieur des mines, et que nous n'entendons pas faire du plagiat, nous déclarons que le contenu de ce chapitre a été puisé en grande partie dans des rapports que nous avons sous les yeux, et qui sont l'œuvre de *M. Victor Juge, ingénieur des mines* de l'État en France, chargé des départements du Var, des Alpes-Maritimes et de la Corse.

Nous ajouterons enfin, que nous nous sommes rendu sur les concessions avec M. Juge d'abord et ensuite avec M. Duranteau, ingénieur, et deux ingénieurs anglais, que nous avions fait venir spécialement pour que nous puissions nous rendre compte de la valeur de la mine de *Chastillon* et de la mine de *Cluchelier*, sur lesquelles nous pourrons ainsi nous étendre plus que sur les autres.

Nous pouvons affirmer que les rapports techniques de M. Victor Juge ont été contrôlés par ces trois ingénieurs Français et Anglais, ce qui nous permet d'avoir une grande confiance en leur exactitude.

Nous commencerons par décrire succinctement les mines de fer et de cuivre.

Nous nous étendrons davantage sur la mine de cuivre panaché de Cluchelier et nous terminerons par un rapport complet et aussi détaillé que possible sur la mine de plomb argentifère de Chastillon.

I. — *Aperçu Géologique*

Il nous paraît utile de donner quelques notions générales sur la géologie des terrains où se trouvent les mines dont nous allons nous occuper.

La chaîne principale des Alpes-Maritimes relie les Basses-Alpes aux Apennins et forme un système de soulèvement dont la direction moyenne est N. 40°O. Sa longueur est d'une soixantaine de kilomètres, et plusieurs de ses montagnes s'élèvent à plus de 3.000 mètres d'altitude.

Le massif des Alpes-Maritimes est composé de roches cristallines, telles que : granites, syénites, amphibolites, gneiss et micaschistes.

Les gites métallifères qu'on trouve le plus fréquemment dans ces roches sont des filons de fer oligiste et oxidulé, de pyrite cuivreuse, de galène et de blende.

Les terrains immédiatement superposés aux roches ci-dessus sont formés de couches de grès et de schistes rouges dont la stratification est généralement régulière. On y rencontre aussi des bancs de poudingue et de quartzite.

Il importe de faire observer que ces terrains sont éminemment métallifères, et renferment surtout des minerais de cuivre dont les principales espèces sont: le cuivre sulfuré, le cuivre panaché, le cuivre jupyriteux et diverses variétés de cuivre gris plus ou moins argentifères.

Ces minerais sont souvent décomposés superficiellement et passent à l'état de carbonates (malachite et azurite).

Les terrains cuprifères que nous venons de signaler occupent une partie considérable du département et forment une zône irrégulière qui traverse de l'Est à l'Ouest les vallées de la Roya, de la Vésubie, de la Tinée et du Var.

Vu l'absence complète de fossiles animaux ou végétaux dans ces terrains, leur classification est encore douteuse; cependant d'après certaines analogies minéralogiques et géologiques, on pourrait les classer dans les terrains Pénéens ou Permiens, qui renferment les célèbres gisements de schistes cuivreux de Mansfeld, en Prusse et de Perm, en Russie.

II. — *Mines concédées*

Le tableau suivant indique l'état sommaire des mines qui forment l'objet du présent mémoire.

NOMS DES MINES CONCÉDÉES	NATURE DES MINERAIS	SUPERFICIE DES CONCESSIONS
Chastel............	Fil oligiste et oxidulé.......... Galène et blende..............	382 hectares
Millefonds...........	Fer oligiste..........	337 »
Charontes...........	Cuivre pyriteux.	220 »
Rancels.............	Cuivre sulfuré et galène........	390 »
Cluchelier..........	Cuivre panaché et carbonaté....	405 »
Chastillon..........	Galène argentifère.............	125 »

I. — *Mine de fer et de plomb de Chastel*

COMMUNES DE SAINT-MARTIN-VÉSUBIE ET DE VALDEBLORE

Gite ferrifère. — La mine de fer de *Chastel* est située sur la colline de ce nom, à proximité de la chapelle de la *Trinité* et à 3 kilomètres environ N.-O. du village de *St-Martin-Vésubie* dans la vallée de la Vésubie.

Ce gite est formé de plusieurs filons, enclavés dans les gneiss passant au micaschiste ; mais il est en grande partie recouvert par les champs cultivés dans lesquels on trouve beaucoup de fragments de minerai soulevé par la charrue.

Le minerai est composé d'un mélange de fer oligiste et de fer oxidulé, dont certains échantillons ont une action très énergique sur l'aiguille aimantée. Sa structure est généralement lamellaire et d'un noir brillant.

Le minerai trié parmi les échantillons les plus riches a donné une teneur en fonte de 0,70 0/0 ; toutefois son rendement moyen peut être réduit à 60 0/0.

Dans les conditions actuelles, vu la cherté locale du charbon de bois, ainsi que les difficultés de transport, il ne conviendrait point d'exploiter cette mine, d'autant plus que le fer est à bon marché.

Gite plombifère.— A deux kilomètres en amont et au N.-O. de la mine de fer, on a découvert dans les quartier d'*Enduébis ou de las Miniéras* un filon de galène blendeuse enclavé dans les micaschistes. Son épaisseur est d'environ 12 centimètres de minerai massif à gangue de quartz. Sa direction est à peu près N.-O. avec une inclinaison moyenne de 40° vers le S.-O.

Aucun travail de recherche n'a encore été fait sur ce gite métallifère.

La figure ci-contre indique les principales dispositions du filon.

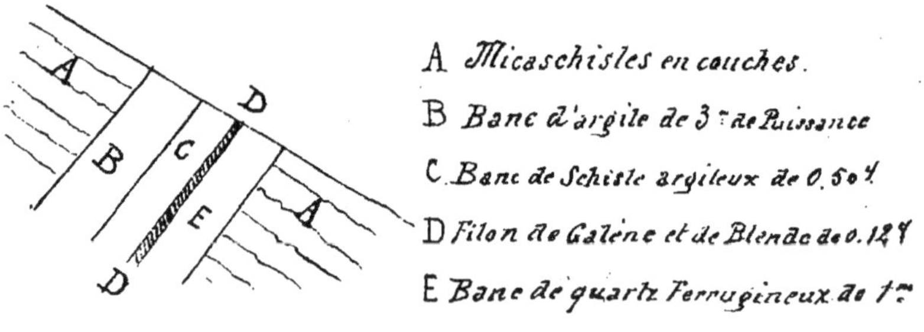

II. — *Mine de fer de Millefonts*

COMMUNE DE VALDEBLORE

Gisement. — Cette mine est située à la limite Nord du quartier de *Millefonts* et au sommet du *Col des Ferrières*, ainsi nommé à cause de la grande quantité de minerai de fer qu'on y rencontre et des petites forges de montagne dont on aperçoit encore la trace dans le sol.

Ce gîte ferrifère forme un système de 8 filons à peu près parrallèles dans les gneiss et dont la puissance totale peut être évaluée à 3 ou 4 mètres de minerai riche.

La direction moyenne de ces filons est N. 25° E, avec une inclinaison qui varie de 20 à 25 degrés vers le S.-E

La nature des minerais est composée de deux variétés principales de fer oligiste : 1° à l'état compacte ; 2° à l'état micacé.

Ces minerais sont en général très purs et très riches ; leur essai par voie sèche a donné une teneur en fonte de 72 0/0.

Mais les échantillons mélangés de gangue n'ont produit que 42 0/0. Leur rendement moyen peut être évalué à 60 0/0.

Sur les deux versants de la montagne on trouve beaucoup de scories disséminées et dont la présence indique qu'il a dû exister d'anciennes usines à fer dans ces localités. Cependant on n'a conservé dans le pays aucun document écrit, ni aucune tradition sur l'exploitation de cette mine.

La mine de *Millefonts* n'était pas exploitable dans les conditions où elle se trouvait avant les routes et le chemin de fer, mais si l'on exploite la mine de Cluchelier, il faudra l'étudier sérieusement.

III. — *Mine de cuivre de Charontes*

COMMUNE DE RIMPLAS

Gisement. — Cette mine se trouve située dans la *Challanche de Charontes*, ravin qui occupe le versant Ouest de la montagne sur laquelle est assis le village de Rimplas. Au pied de la mine passe la route nationale n° 205, qui suit la rive gauche de la Tinée ; cette dernière rivière est un des principaux cours d'eau des Alpes-Maritimes.

Le gîte cuprifère le plus important du ravin de *Charontes* forme une couche assez irrégulière dans un banc de quartzite enclavé dans les schistes rouges, le minerai se trouve répandu en veines,en grains et en rognons de pyrite cuivreuse, sur une épaisseur d'un mètre environ.

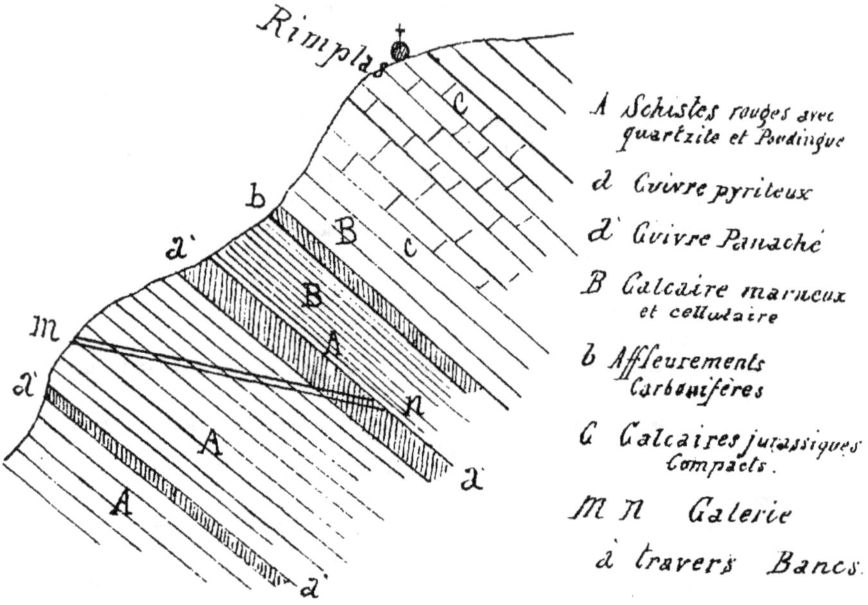

La direction de la couche métallifère et de la roche encaissante est à peu près N. 20°, E. avec une inclinaison moyenne de 32° au S.-E.

A une centaine de mètres en aval du gîte principal **a**, vers la partie la plus accidentée du ravin, on a découvert, dans le grès blanc passant au quartzite, une petite veine de cuivre panaché riche, mais dont l'épaisseur se réduit à 1 ou 2 centimètres.

Nature et teneur du minerai :

Le minerai dominant est composé de cuivre pyriteux, mais il est souvent accompagné de cuivre carbonaté formant des concrétions assez riches.

Les gangues les plus habituelles sont le quartz, la baryte sulfatée et la chlorite.

Voici les résultats de l'analyse d'un minerai de teneur moyenne :

Cuivre	0,15	1,00
Fer	0,23	
Soufre	0,19	
Acide carbonique et oxigène	0,02	
Gangue quartzeuse	0,41	

Plusieurs essais par voie sèche, faits sur divers échantillons, ont donné des teneurs en cuivre comprises entre 14 et 22 °/o.

Travaux préparatoires :

Les travaux de recherche et de reconnaissance entrepris sur le gite de pyrite cuivreuse *a*, consistent en plusieurs tranchées ouvertes sur les affleurements et dans une galerie à travers bancs *M. N.* avec de petites galeries d'allongement qui ont fait connaître la structure intérieure et la continuité du gite sur une centaine de mètres d'étendue.

Gîte authrascifère :

Travaux de recherche et de reconnaissance

A une petite distance en amont de la mine de cuivre, on a découvert deux petites couches de charbon *b*, dont le gisement se trouve compris entre les schistes rouges *A* et le calcaire jurassique *C*. La roche encaissante est composée d'un calcaire marneux et caverneux, d'une teinte ocreuse, et ressemblant au calcaire à *Cargnioule du Trias*.

Sur ce point, les recherches se sont bornées à une petite fouille superficielle d'où l'on a extrait quelques échantillons de charbon d'une nature analogue à celle de l'anthracite.

L'essai de ce combustible a donné les résultats ci-après :

Matières volatiles	0,19	1,00
Carbone fixe	0,71	
Cendres.	0,10	

Pouvoir calorifique 5989 calories, soit à peu près les 3/4 de celui d'une bonne houille.

Ce gite carbonifère se trouve dans les mêmes conditions géologiques que celui du vallon de *la Boulinette*, mentionné ci-dessus et dont il n'est éloigné que de deux kilomètres environ. Il est à observer que le combustible de *Charontes* n'est point pyriteux.

Enfin, si l'on entreprenait l'exploitation des mines de cuivre de la Tinée, il importerait de reconnaître la consistance réelle de ces deux gîtes carbonifères, dans le but de les employer en traitement métallurgique des minerais.

IV. — *Mines de cuivre et de plomb de Rancels*

COMMUNE DE ROURE

Gisement. — A deux kilomètres au Nord du village de *Roure* dans la partie de *Rancels* située sur le versant droit de la Tinée, on aperçoit l'affleurement d'un filon cuprifère qui coupe les couches de grès et de schistes rouges. A une petite distance vers le Nord, on voit ces derniers terrains reposer sur les gneiss et les micaschistes, leur direction est N. 17° O. avec une inclinaison de 35° vers le N.-E.

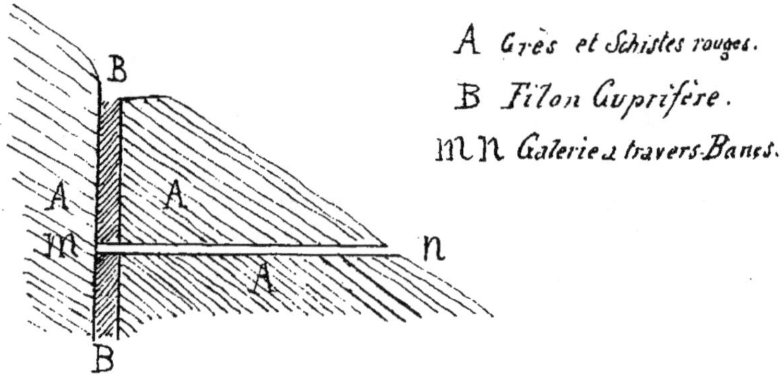

Le filon est presque vertical, mais il incline légèrement à l'Ouest et se dirige à peu près du Nord au Sud ; son épaisseur moyenne et d'envion 0,40 centimètres.

La route nationale n° 205 passe au pied de la mine, un peu en amont de St-Sauveur et suit la rive gauche de la Tinée.

Nature et teneur du minerai :

Le minerai dominant est le cuivre sulfuré noir, plus ou moins imprégné de cuivre carbonaté vert ; les gangues principales sont le quartz et accidentellement la baryte sulfatée.

Les essais faits sur les diverses variétés du minerai de *Rancels* ont donné les résultats suivants :

1° Grès et schistes cuivreux carbonatés 12 0/0
2° Minerai moyen, mélangé de sulfure et de carbonate 20 0/0
3° Minerai riche, cuivre sulfuré 35 0/0

Travaux préparatoires :

Les travaux de reconnaissance entrepris pour la découverte de ce filon comprennent plusieurs tranchées sur les affleurements, une descenderie oblique dans le plan du filon, et deux galeries à travers bancs, avec deux galeries d'allongement.

En outre, on a découvert dans le ravin de *Lespaüs*, situé dans la même concession, un nouveau gîte cuprifère composé de cuivre panaché et pyriteux et sur lequel on a pratiqué quelques petites fouilles qui ont produit du minerai d'une teneur moyenne de 5 à 6 0/0. Cependant ce gîte paraît être moins important que celui de *Rancels*.

Filon de galène :

Au quartier de la *Baume*, situé à une petite distance au N.-E. de la mine de cuivre, mais dans la même concession et à 300 mètres environ au-dessus de la rive droite de la Tinée il existe un filon de galène à peu près vertical avec une direction E.-O. Sa puissance moyenne est de 0,80 centimètres.

Ce minerai de plomb n'est point blendeux et se trouve abondamment répandu dans une gangue de quartz, de barytine et de fluorine compacte. L'essai pour le plomb et argent d'un échantillon moyennement riche a donné les teneurs suivantes :

Plomb 41 0/0.

Argent 660 grammes par tonne de plomb d'œuvre.

Il est bon de faire observer que les minerais de cuivre et de plomb de Rancels pourront être facilement enrichis dans un atelier de préparation mécanique établi sur le bord de la Tinée.

Il existe aussi du *fer oligiste et carbonaté de cuivre au rocher de Belmonte* aux environs de *Roure*, dont nous possédons 2 échantillons et dont l'analyse n'a jamais été faite. Ce gîte mériterait un examen sérieux qui n'a jamais été fait.

V. — *Mine de cuivre de Cluchelier*

COMMUNE DE VALDEBLORE

Gisement. — La mine de *Cluchelier* est située sur le versant méridional de la montagne de ce nom à une petite distance en amont du village de *La Bouline* (Valdeblore) et à 8 kilomètres 1|2 de la route nationale n° 205; elle se trouve à proximité de la forêt des *Gasques* qui peut fournir une grande quantité de bois (pins silvestres) pour les besoins de l'exploitation. Au pied de la mine coule le cours d'eau de *Millefonts*, qui peut donner une force motrice d'une dizaine de chevaux.

La structure géologique de la montagne de *Cluchelier* est composée de nombreuses couches de schistes et de grès rouge, qui alternent avec des bancs ou des amas de grès blanc passant au quartzite, et qui reposent sur le massif de gneiss de la montagne de *Millefonts*. A l'endroit des anciennes galeries, la direction générale des couches est à peu près n° 35° O. et leur inclinaison moyenne plonge de 40° à 50° vers le N.-E.

Le gîte cuprifère de *Cluchelier* s'annonce par plusieurs affleurements qui se dessinent bien nettement sur une étendue de plus de six cents mètres.

La figure ci-après indique la disposition générale du gîte cuprifère et de la roche encaissante.

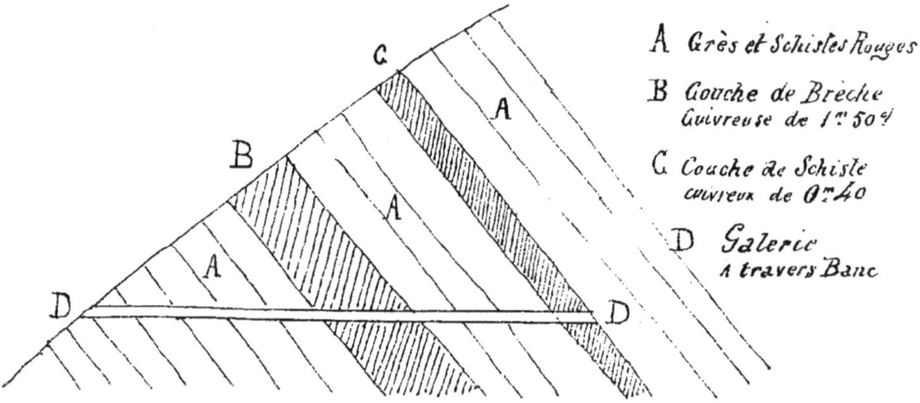

Nature et teneur des Minerais :

Le gite inférieur B forme une couche à structure bréchiforme, composée de petit fragments de quartz et de schiste talqueux ; elle est mouchetée de cristaux verts de cuivre carbonaté avec quelques grains de cuivre panaché. La puissance moyenne de cette brèche cuivreuse est de 1 m. 50 c.

Le gite supérieur C forme une couche régulière des schiste cuivreux à gangue quartzeuse et schisteuse, d'une épaisseur d'environ 0 m. 40 c.

Ce schiste est imprégné de cuivre carbonaté en lamelles, avec des rognons et des veines de cuivre panaché.

Enfin à 1 kilomètre environ au N.-O. en amont des anciens travaux de la mine de *Cluchelier* au quartier de *Trémisières*, on remarque l'affleurement d'un filon de fer oligiste légèrement cuprifère et d'une épaisseur moyenne de 0 m. 50 c.

Les minerais de cuivre de *Cluchelier* peuvent être classés en trois variétés savoir :

1° Brèche cuivreuse,	teneur	moyenne	en cuivre	3 0/0.
2° Schiste cuivreux,	»	»	»	5 0/0.
3° Cuivre panaché	»	»	»	32 0/0.

Le cuivre panaché est accompagné d'une certaine proportion de cuivre sulfuré noir et de cuivre carbonaté vert (malachite).

Sa gangue habituelle est composée de quartz et de schiste talqueux.

Mais on y rencontre parfois des cristaux de baryte sulfatée et de fer oligiste ainsi que des nodules de chlorite. Il est à observer que la composition naturelle du minerai est telle, que dans une première fusion, on obtient directement du cuivre métallique et une matte cuivreuse très riche.

Ce résultat remarquable est dû à la réaction mutuelle du sulfure et du carbonate de cuivre.

En outre ces minerais sont argentifères et contiennent moyennement 1 kil. d'argent par tonne de cuivre rosette.

Travaux de recherches et d'exploitation :

L'origine de l'exploitation de la mine de Cluchelier remonte d'après l'histoire de Gioffredo au règne du Duc Emmanuel Philibert (documents des années 1560 et 1564).

Dans ces derniers temps les anciens travaux ont été repris, et l'on a reconnu les diverses parties, soit superficielles, soit souterraines de ce gite cuprifère.

Au pied de la mine, sur la rive droite du torrent, on avait établi un petit atelier de préparation mécanique pour le lavage des minerais pauvres.

Le schlich provenant des cribles avait une teneur de 35 à 40 0/0.

On avait aussi construit un petit fourneau à manche pour faire des essais métallurgiques.

C'est alors que l'on a constaté que les minerais de *Cluchelier* convenablement mélangés donnaient, par une fonte crue, du cuivre noir et une matte riche, à une teneur moyenne de 70 0/0.

Traitement des minerais pauvres par voie humide :

Vu les trop grandes difficultés de lavage des minerais pauvres nos 1 et 2 qui sont principalement composés de cuivre carbonaté, il serait probablement plus avantageux de les traiter par voie humide. A cet effet, il faudrait les griller en tas avec le charbon pyriteux du *Vitriol* situé à quatre kilom. en aval de la mine, dans le vallon de *la Boulinette*.

La dissolution du sulfate de cuivre serait décomposée par le fer et donnerait du cuivre de cément qui serait ensuite fondu dans un fourneau de raffinage.

Une petite expérience qui a été faite a parfaitement réussi et n'a présenté aucune difficulté.

Il importe de faire observer que le soufre natif et les pyrites de fer du gîte carbonifère ci-dessus signalé se transforment naturellement en acide sulfurique et en sulfate acide de fer, sous la seule influence des agents atmosphériques.

Nous terminerons ce qui est relatif à *Cluchelier*, en donnant un *extrait du rapport* dressé par *M. Pons, maître mineur* de *l'école d'Alais*, sur quelques travaux de recherches exécutés à cette mine, sous sa direction, travaux qu'il est regrettable qu'on ait interrompu par suite de nécessités financières.

Voici en quels termes, *M. Pons* en rend compte :

Les travaux de recherches exécutés consistent en une galerie d'une longueur totale de 124 mètres.

La couche cuivreuse a été suivie sur presque toute cette longueur, excepté le travers banc A B exécuté dans le stérile et quelques mètres où l'on a du s'écarter de la couche pour éviter les travaux anciens éboulés (*voir le croquis ci-joint*) ce qui a été cause qu'il a fallu faire 16 mètres et plus dans la brêche stérile, pour revenir recouper la couche cuprifère en P.

On a pénétré dans le toit de la couche P X qui n'est autre que des grès et schistes rouges stériles, mais qui a permis de se rendre compte de la composition du toit et de sa stérilité.

Sur les 124 mètres de longueur de galerie, 95 seulement sont dans la couche, car A B, travers-bancs, a une longueur de 13 mètres, auxquels il faut ajouter 16 mètres environ dans la brèche G H I, total 29 mètres.

124 — 29 = 95 mètres d'étendue en direction de la couche.

Mais cette couche ne serait actuellement exploitable avec profit que sur une longueur de 30 mètres environ, et en cinq endroits différents, où la minéralisation serait la plus concentrée, savoir :

C D	sur une longueur de	3 50
D E	id.	7 50
E F	id.	4 50
T R	id.	7 80
S V J	id.	7 00
	TOTAL . . .	30 30

Dans ces parties relativement riches, la couche a présenté des épaisseurs très variables ; on peut cependant compter sur une puissance moyenne de minerai de cuivre panaché massif : de 0,12 à 0,15 cent. Il y a en outre les carbonates ou malachites qui sont disséminés dans la gangue quartzeuse constituant la couche. mais qui ne peuvent être rendus marchands qu'après avoir subi une préparation mécanique.

Tandis que pour le cuivre panaché, avec un simple triage à la main, on peut avoir une certaine quantité de minerai marchand d'une teneur en cuivre de 30 à 35 0/0 environ, d'une valeur de 350 à 400 francs la tonne.

Sur tout le parcours de la galerie où on a longé la couche, les carbonates ont rarement fait défaut,sauf en quelques endroits où la couche a été en étreinte, principalement en P, où l'épaisseur n'a été que de 0,20 c. au plus.

Composition de la couche :

La couche est composée de quartzite et de minerai en *Veines, Veinules, Rognons* plus ou moins volumineux de cuivre panaché et de cristaux verts de cuivre carbonaté.

Comme il est facile de voir sur le croquis, la couche de minerai est fréquemment rejetée par des failles peu importantes ; on y trouve aussi des cassures, sans rejet apparent, remplies d'argile qui sont quelquefois au contact de la gangue.

On a pour mur de la couche cuivreuse, la brèche stérile composée de petits fragments de quartz et de schistes talqueux.

A la surface, cette brèche contient des traces de minerai.

La roche composant le toit de la couche n'est pas toujours très solide, ce qui oblige à faire suivre le boisage au fur et à mesure que l'on avance.

La galerie en cours d'exécution avait pour but d'explorer en direction toute la partie supérieure du gîte cuprifère, jusqu'aux limites Nord.

Mais comme elle ne se trouve qu'à quelques mètres de différence du niveau de la surface, à elle seule elle ne constitue pas une exploration suffisante pour étudier à fond le gisement qui a fait l'objet des dites explorations.

Il faudrait pour cela attaquer une galerie de rabais à travers bancs, que l'on prendrait dans le flanc de la montagne, pour aller recouper la couche et l'explorer en suite en direction, à un niveau inférieur de 60 mètres de la galerie actuelle.

Cette galerie aurait une longueur da 140 à 150 mètres environ, pour arriver à la couche, si l'inclinaison de la couche se maintient entre 60° et 70° degrés.

Voici ce que coûterait cette galerie : 150 mètres $\times$ 50 francs par mètre $=$ 7500 francs, plus le boisage et quelques frais imprévus, en tout *dix mille francs* et une durée de neuf mois, sans interruption, pour la complète exécution de ce travail.

Une fois ce travail terminé on saurait à quoi s'en tenir sur les avantages que l'on pourrait en retirer.

Comme cela arrive fréquemment, il peut se faire que la couche soit plus minéralisée en profondeur qu'elle ne l'est dans la galerie supérieuse ; c'est ce qui se produit dans la plupart des mines métalliques.

En admettant que la minéralisation n'augmente pas, et que la couche se comporte en profondeur et en direction, comme elle s'est comportée dans la galerie actuelle, l'on aurait reconnu et aménagé l'exploitation de 8000 à 9000 mètres carrés de couche contenant 400 kilog. de cuivre panaché par mètre carré, soit en tout 8000 $\times$ 400 kilog. $=$ 3200 tonnes. En portant la valeur du minerai, sur place, à 400 francs la tonne on aurait : 400 $\times$ 3.200 t. $=$ 1.280.000 francs.

Nous pensons que dans ces conditions on pourrait entreprendre la galerie de rabais, avec quelque espoir de succès et qu'il conviendrait de l'exécuter rapidement, afin qu'en cas de réussite on puisse activer la mise en exploitation.

Voir, d'après le croquis ci-joint, la couche cuprifère marquée en ★★★.

Nous devons faire observer que nos évaluations ne pourront être réellement constatées qu'à la suite des travaux que nous proposons d'exécuter.

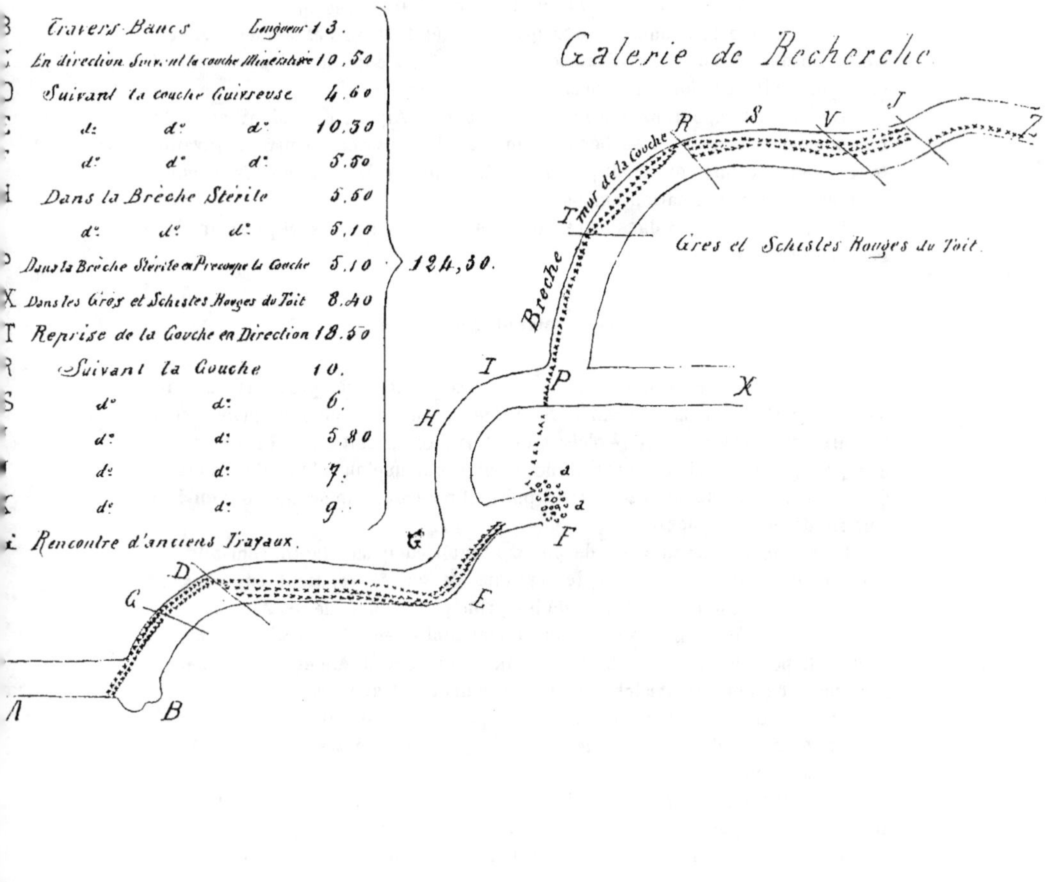
Galerie de Recherche
Travers Bancs Longueur 13.
En direction Suivant la couche Minéralisée 10,50
Suivant la couche Cuivreuse 4.60
d° d° d° 10,30
d° d° d° 5.50
Dans la Brèche Stérile 5.60
d° d° d° 5,10
Dans la Brèche Stérile en Recoupe la Couche 5.10
X Dans les Grès et Schistes Rouges du Toit 8.40
T Reprise de la Couche en Direction 18.50
R Suivant la Couche 10.
S d° d° 6.
d° d° 5,80
d° d° 7.
d° d° 9.
Rencontre d'anciens Travaux.
124,30.
Grès et Schistes Rouges du Toit.
mur de la Couche
Brèche
A B C D E F G H I P X T R S V J Z
a a

Mine de galène argentifère de Chastillon

ALPES-MARITIMES

I. — Topographie :

La mine de *Chastillon* est située à une dizaine de kilomètres à l'Est du village d'*Isola*, en remontant le vallon de *Chastillon* et le ravin des *Verps* jusqu'à la *Combe de las Minas* dont l'altitude est de 2000 mètres environ.

Cette mine est attenante à une grande forêt de sapins et de mélèzes, et se trouve au-dessus d'un cours d'eau considérable. On a donc sur place le minerai, le combustible et la force motrice.

L'hiver est rigoureux dans cette partie des Alpes ; cependant avec des baraquements solides et de bons logements, les ouvriers pourront travailler toute l'année, comme on le fait aux mines de plomb de *Tende* et de *Vinay*, qui se trouvent dans une situation analogue.

Pendant l'été il y a dans cette vallée une grande vacherie et plusieurs bergeries à proximité de la mine.

II. — Gisement géologique :

La mine est formée d'un filon de quartz compact, à peu près vertical, dans lequel la galène se trouve répandue en veines et en amas plus ou moins volumineux, ayant jusqu'à 1 mètre d'épaisseur. Le filon paraît s'enrichir en profondeur, puisqu'à son affleurement il ne montre que quelques filets de minerai et qu'à une dizaine de mètres dans le puits il présente une puissance d'environ 1 mètre de minerai massif.

La roche encaissante est de *gneiss*, tantôt compact, tantôt schistoïde. A une certaine distance au N.-E. les terrains de gneiss reposent sur ceux de granite, dont le soulèvement a formé les principaux reliefs de ces Alpes.

Les salbandes du filon sont fréquemment composées d'un petit lit d'argile, dont la disposition facilite l'abattage de la roche métallifère et dont la matière terreuse est employée par les ouvriers au bourrage des mines.

La puissance moyenne du filon, y compris la partie utile et la partie stérile, est au moins de 1 mètre, elle va parfois jusqu'à 2 mètres, là où il y a renflement du filon.

Les affleurements de la crête du filon se montrent sur le versant Nord de la montagne dans une étendue de plus de 300 mètres. Vers le pied de la montagne le filon doit probablement se prolonger, mais il se trouve caché sous une couche épaisse de blocs pierreux et de terre gazonnée, formant le sol d'une vaste forêt de bois résineux.

La direction du filon va moyennement du N. 75° O. au S. 70° E. Son inclinaison est presque verticale, mais elle penche légèrement vers le Sud.

Parallèlement à ce premier filon et à la distance d'une trentaine de mètres au Sud, on voit un autre filon quartzeux, placé dans les mêmes conditions de gisement.

Les affleurements de ce filon latéral ne paraissent pas aussi étendus que ceux du premier, mais il est probable qu'ils doivent avoir une suite et qu'ils sont recouverts par des éboulements comme nous l'avons déjà fait observer pour le premier filon. Aucune fouille n'a encore été faite sur ce deuxième filon pour en reconnaître l'importance.

Pour compléter les observations géologiques précédentes, j'ajouterai que dans les gneiss et les micaschistes de la vallée de *Chastillon*, entre le vallon de la *Guerche* et le *Chastelar*, il existe une formation calcaire considérable, qui pourra fournir la chaux nécessaire aux constructions, ainsi que le fondant pour le traitement métallurgique du minerai.

III. — **Nature et teneur du minerai :**

Le minerai de *Chastillon* est de la *galène argentifère* cristallisée à petites facettes et passant parfois à l'état grenu ; sa gangue est exclusivement quartzeuze. On y trouve, comme cela arrive d'ailleurs dans la pluspart des mines de plomb, une certaine proportion de blende, formant des veines et des rognons, tantôt isolés, tantôt intimement mélangés de galène ; dans ce cas le minerai blendeux est à l'état compact et se distingue facilement de la galène pure qui forme le minerai dominant.

Les divers *essais* faits sur la *galène* de *Chastillon* ont donné les résultats suivants : Un *échantillon* de minerai moyen, lavé à l'augette, a rendu 0,60 en *schlich riche*.

1 de *schlich* a produit 0,73 en *plomb d'œuvre* et 0,0013 en *argent*. Cette dernière teneur correspond à 0,001780 *d'argent pour* 1 *de plomb d'œuvre*.

D'autre part, voici les résultats obtenus par M. *de la Souchère, chimiste à Marseille*.

Un *échantillon* de *richesse moyenne*, traité directement sans subir de lavage a rendu 0,442 de *plomb d'œuvre* et 0,000725 *d'argent*. Ces chiffres correspondent à ceux du premier essai, soit à 0,60 0.73 = 0,438 pour la teneur en *plomb* de minerai brut, et à 0,00164 pour la teneur en *argent* de plomb d'œuvre.

Les essais antérieurs concordent donc parfaitement avec ceux de M. de la Souchère, et peuvent être considérés comme exacts.

IV. — **Travaux de recherches**

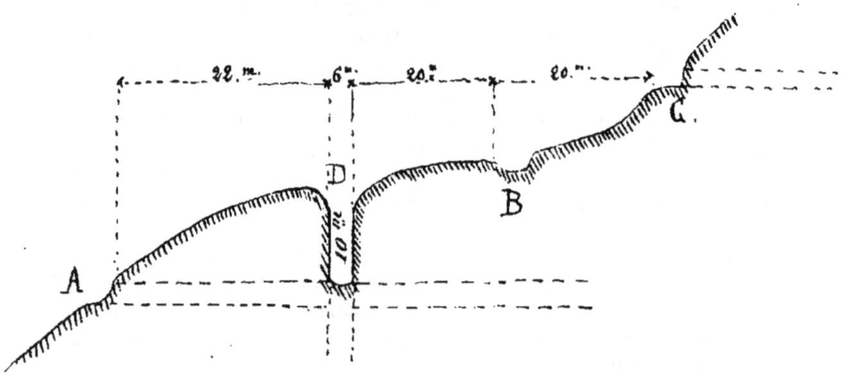

Les travaux des recherches consistent dans trois tranchées A. B. C. et un puits D creusés suivant la direction et dans l'épaisseur même du filon, comme on le voit dans le croquis ci-dessus. Ces travaux ont déjà mis la mine à découvert, sur une étendue de 68 mètres.

Les tranchées A. B. C. ne sont que des fouilles provisoires pour reconnaître la régularité du filon et la richesse du minerai. Cependant aux points A et C on pourrait ouvrir deux galeries d'allongement pour l'exploitation ultérieure.

Le puits D, foncé verticalement dans le filon, a une dizaine de mètres de profondeur. Le foncement de ce puits doit être continué pour servir plus tard de cheminée d'aérage aux galeries inférieures. La roche est assez dûre à miner, mais la poudre y produit son effet. Pendant les travaux de recherches, un mineur tirait moyennement 3 coups de mine en 10 heures de travail effectif et produisait une centaine de kilogrammes de minerai brut.

Lorsque les chantiers d'exploitation seront ouverts pour attaquer le filon par gradins droits ou renversés, alors la roche se trouvera dégagée sur deux faces, et la quantité de minerai abattu sera beaucoup plus considérable. Cette quantité peut être évaluée à 350 k. de minerai brut, par journée de mineur.

Les travaux de recherches ont démontré que le gîte métallifère de *Chastillon*, tant par sa régularité que par l'abondance et la richesse du minerai, constitue une mine d'une grande importance et dont l'exploitation bien dirigée pourra devenir très avantageuse.

V. — Exploitation

La verticalité, la régularité et la puissance du filon, ainsi que la configuration superficielle du sol, se prêtent parfaitement à une bonne exploitation. De plus la solidité de la roche économisera le boisage, et l'absence d'eau souterraine économisera l'épuisement, tout en facilitant le travail des ouvriers.

Le système d'exploitation qui paraît le plus convenable, est indiqué dans le croquis suivant, qui représente le profil de la montagne et la coupe des travaux d'exploitation suivant l'axe du filon.

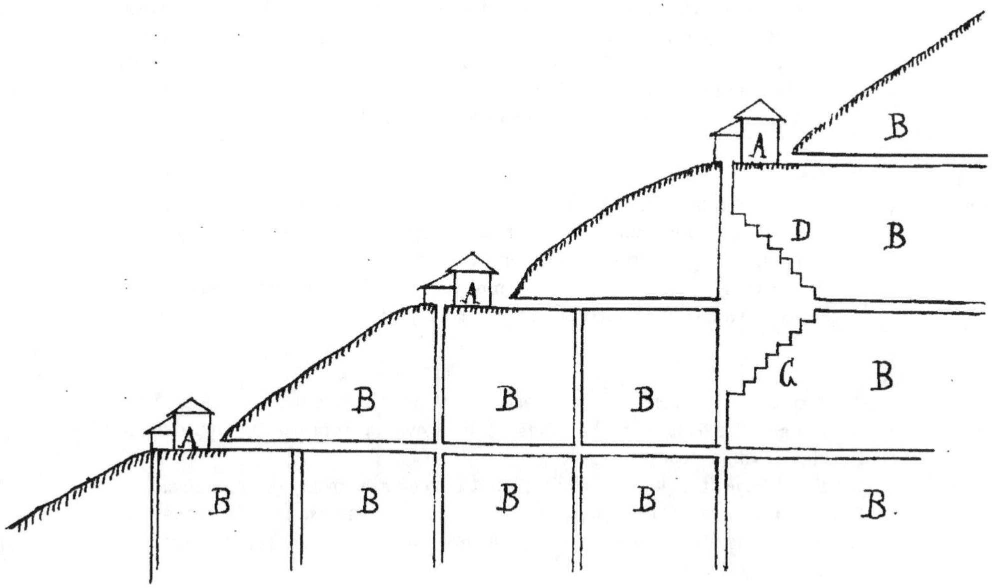

A. Baraquements des ouvriers à l'entrée des galeries de roulage.
B. Massifs d'exploitation.
C. Exploitation par gradins droits.
D. Id. id. renversés.

La masse du filon sera divisée en massifs carrés ou rectangulaires d'une vingtaine de mètres de côté et formant une série de chantiers en échiquier.

L'abattage du minerai se fera par gradins droits ou renversés, suivant les résultats de l'expérience. Il suffit de donner un coup d'œil à l'ensemble des dispositions ci-dessus pour voir que l'abattage et le roulage du minerai, ainsi que l'aérage des divers chantiers de la mine, se feront avec beaucoup de facilité et d'économie.

Personnel et salaire des ouvriers de la mine lorsqu'on sera en pleine exploitation :

1	Maître mineur (appointements annuels)	fr.	1.800
3	Chefs mineurs 3 × 1.200 = ...	»	3.600
60	Mineurs 60 × 3 fr. × 300 = ...	»	54.000
30	Manœuvres et rouleurs 30 × 2 × 300 = ...	»	18.000
8	Traineurs de minerai à l'extérieur 8 × 2 × 300.	«	4.800
102		fr.	82.200

Quand on connaitra la production moyenne de la mine, en suite des travaux d'exploitation, il conviendra de payer les ouvriers à la tâche, c'est-à-dire par mètre d'avancement ou par tonne de minerai produit.

Les diverses *consommations* de la mine, pendant l'année, correspondent aux dépenses suivantes, y compris les frais de transport.

Entretien des outils.

Fer, aciers, poudre de mine, mèches de sureté, huile à brûler, boisage partiel des galeries dans un roche solide, le tout évalué à la somme approximative de 38.500 francs.

L'outillage et le *matériel* de l'exploitation comprendront un assortiment de fleurets, massettes, masses, marteaux, pics, pinces, lampes, paniers, brouettes, wagons, traineaux, rails, traverses, planches, cordes, etc. Ce capital peut être évalué à 32.000 francs.

Pour les frais de *premier établissement* des maisons destinées au logement des ouvriers, nous renverrons au *chap IX* relatif aux travaux généraux de construction.

VI. — **Préparation mécanique des minerais**

Les ateliers de préparation mécanique seront établis par échelons, sur le mamelon situé au confluent des vallons de *Chastillon* et *des Verps*.

Conformément au croquis ci-dessous, cet établissement comprendra :

1° l'atelier de scheidage et de classement ;
2° l'atelier de bocardage ;
3° l'atelier de lavage.

Le cours d'eau de *Chastillon* fournira abondamment la force motrice nécessaire à toutes les machines des divers ateliers. Cette force hydraulique peut être évaluée à une cinquantaine de chevaux-vapeur.

D'après les évaluations des *chapitres III et IV*, l'établissement de préparation mécanique pourra traiter annuellement plus de 6000 *tonnes de minerai brut* et donner 2500 *tonnes de schlich et de minerai trié*, lesquels *produiront* **1500 tonnes de plomb d'œuvre.** Comme le minerai est notablement argentifère, il conviendra de ne pas pousser trop loin la préparation mécanique, afin d'éviter les pertes inhérentes à un lavage trop complet.

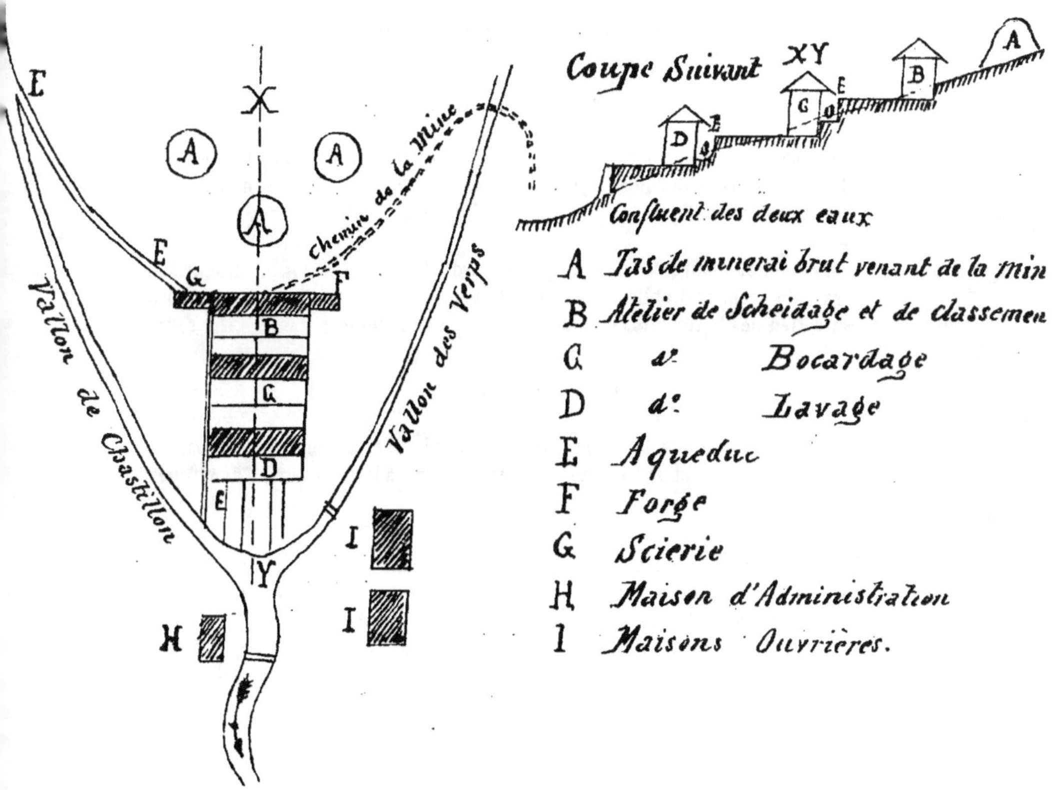

1° *Atelier de scheidage et de classement :*

Cet atelier est destiné au scheidage c'est-à-dire au cassage et au triage à la main des minerais riches qu'on envoie directement à la fonderie, au broyage des fragments de minerai pauvre ou moyen et au classement du minerai broyé en différentes grosseurs, pour être traité dans les ateliers de bocardage ou de lavage.

Les appareils mécaniques de cet atelier seront composés d'une couple de cylindres-broyeurs et de deux trommels de classement : ils seront mis en mouvement par une roue hydraulique.

Les ouvriers scheideurs sont ordinairement les femmes et les filles des mineurs. Il y aura à l'atelier 20 scheideuses et deux massiers, plus 2 hommes aux cylindres-broyeurs et 4 femmes aux trommels de classement.

Personnel et salaire des ouvriers de l'atelier	fr.	9.600
Frais de premier établissement de l'atelier	»	15.000
Entretien du bâtiment des machines et de l'outillage . . .	»	2.00

2° *Atelier de bocardage :*

Le bocard se compose de 10 batteries à 4 pilons chacune, soit 40 pilons.

Il sera desservi par 2 bocardeurs et 2 manœuvres et recevra le mouvement de deux roues hydrauliques.

Personnel et salaire des ouvriers du bocard.	fr.	3.000
Frais de premier établissement de l'atelier.	»	15.000
Entretien des bâtiments, des machines et de l'outillage . . .	»	4.000

3° *Atelier de lavage :*

La laverie comprend une série de cribles, caissons, tables à secousses, et tables dormantes. Les appareils mécaniques recevront le mouvement de 2 roues hydrauliques.

Personnel et salaire des ouvriers de l'atelier	fr.	16.800
Frais de premier établissement de l'atelier	»	20.000
Entretien du bâtiment des machines, des appareils et de l'outillage	»	6.000

RÉCAPITULATION DES ATELIERS DE PRÉPARATION MÉCANIQUE

	Personnel des ouvriers	Salaire annuel	Frais de premier établissement	Frais d'entretien
Atelier de scheidage . .	28	9.600	15.000	2.000
Atelier de bocardage . .	4	3.000	15.000	4.000
Atelier de lavage . . .	39	16.800	20.000	6.000
TOTAL . . .	71	29.400	50.000	12.000

VII. — **Fonderie**

La fonderie sera établie sur la rive droite du vallon de *Chastillon*, à une certaine distance du confluent des deux eaux, de manière à se trouver écartée, autant que possible, des divers ateliers et des maisons d'habitation, dont le plan d'ensemble est figuré au chapitre VI. Cet éloignement est motivé par les émanations sulfureuses de l'usine.

Cet atelier sera composé de six fourneaux à réverbère dont cinq en activité et un en réparation pour la fonte du minerai et de deux fourneaux à manche dont un en activité et un en réparation pour la refonte des crasses plombeuses.

Les lingots de plomb d'œuvre ne seront point coupelés sur place, et seront expédiés aux affineries de Marseille ou autres usines. Les fourneaux travailleront nuit et jour à l'exception des dimanches.

Le combustible nécessaire à la fonderie sera fourni par les bois morts et par les bois de rebut (sapins et mélèzes) qui se trouvent en assez grande quantité dans la forêt communale de *Chastillon*, à proximité de la mine. On pourrait aussi utiliser pour le grillage du minerai les arbustes de rhododendron, qui couvrent une étendue considérable de ces montagnes. On adoptera pour le traitement métallurgique le système que l'expérience fera reconnaître le meilleur dans un fourneau d'essai. La production annuelle de l'usine peut être évaluée à 1500 tonnes de plomb d'œuvre lorsque la mine sera en pleine exploitation. D'ailleurs la production de l'usine dépendra de la quantité de bois disponible dans la forêt de *Chastillon*; nous ne saurions en ce moment préciser cette quantité, mais nous l'évaluerons approximativement à 1000 tonnes par an.

Personnel et salaire des ouvriers de l'usine	fr.	19.800
Consommation de combustible et de fondant	»	42.750
Frais de premier établissement de l'usine	»	28.000
Frais d'entretien de l'usine	»	5.000

VIII. — Ateliers accessoires

Ces ateliers comprennent une forge et une scierie.

Forge : L'atelier de forge sera composé d'un grand feu et de deux petits feux, d'une soufflerie, d'un martinet, d'une roue hydraulique et de l'outillage nécessaire.

Personnel et salaire des ouvriers . . . . fr.	3.450	»
Consommation de charbon de bois, 50 t. à 50. . . .	2.500	»
Frais de premier établissement de l'atelier de forge . .	4.500	»
Frais d'entretien » » . .	600	»

Scierie : L'atelier de scierie se composera d'une scie droite et d'une scie circulaire qui recevront le mouvement d'une roue hydraulique.

Personnel et salaire des ouvriers. . . . . fr.	2.700	»
Frais de premier établissement de la scierie	3.500	»
Frais d'entretien » »	400	»

IX. — Travaux généraux de construction

Ces travaux consistent dans l'établissement des deux aqueducs, celui de l'atelier de préparation des minerais et celui de la fonderie ; dans la construction des maisons ouvrières et de la maison d'administration, dans l'ouverture d'une voie de trainage depuis la mine jusqu'à la laverie, et d'une route entre la laverie et le village d'Isola ; enfin, dans la construction d'une poudrière pour environ trois tonnes de poudre ou de dynamite, approvisionnement de la mine pendant 6 mois.

FRAIS DE PREMIER ÉTABLISSEMENT

Aqueduc de l'atelier de préparation mécanique des minerais, comprenant la prise d'eau, le canal d'amenée, le canal de fuite, les déversoirs et les coursiers des roues hydrauliques . . . . fr.	10.000	»
Aqueduc pour la machine soufflante de la fonderie	2.000	»
Maisons ouvrières au nombre de quatre pour le logement de 220 ouvriers, avec magasin d'entrepôt	80.000	»
Maison d'administration (bureau et logement des employés) .	20.000	»
A reporter. . .	112.000	»

Report. . .	112.000 »
Chemin et couloir pour la descente du minerai à l'atelier de préparation mécanique.	8.000 »
Poudrière	1.500 »
Fr.	121.500 »
Frais d'entretien	5.000 »

X. — **Transports**

De la mine de Chastillon à l'usine métallurgique de Marseille (suivant le détail donné dans la première partie). 1.500 tonnes à 18 fr. 66 = 27.990 »

XI. — **Administration**

Personnel et salaire de l'administration :

Ingénieur-directeur . . . . fr.	12.000 »
Essayeur chimiste.	4.000 »
Caissier	4.000 »
Commis comptable	1 800 »
Garde magasin.	1.200 »
Frais de bureau et de laboratoire	2.000 »
Fr.	25.000 »

XII. — **Etat général du personnel et des dépenses**

Le personnel des divers services se trouvera composé comme il suit :

Mine, voir chapitre	V	102
Préparation mécanique	VI	71
Fonderie	VII	25
Forge et scierie	VIII	7
Administration	XI	5
		210

RÉCAPITULATION DES DÉPENSES

MAIN D'ŒUVRE :

Mine	82.200 »	
Préparation mécanique	29.400 »	137.550 »
Fonderie	19.800 »	
Forge et scierie	6.150 »	

CONSOMMATION SPÉCIALE :

Mine : fer, acier, huile, poudre	38.500 »	
Fonderie : bois et charbon	42 750 »	83.250 »
Forge	2.008 »	

FRAIS DE PREMIER ÉTABLISSEMENT :

Matériel et outillage de la mine	32.000 »	
Atelier de préparation mécanique	50.000 »	
Fonderie	28.000 »	239.500 »
Forge et scierie	8.000 »	
Travaux généraux de construction	121.500 »	

FRAIS D'ENTRETIEN :

Atelier de préparation mécanique	12.000 »	
Fonderie	5.000 »	26.000 »
Forge et scierie	4.000 »	
Constructions	5.000 »	

FRAIS DE TRANSPORT du plomb d'œuvre à Marseille	27.990 »
FRAIS D'ADMINISTRATION à la mine	25.000 »
Impots, redevances, secours aux ouvriers malades et dépenses imprévues	25.000 »

XIII. — **Bilan**

Dépenses :

Frais spéciaux

Main-d'œuvre	137.550 »	220.800 »
Consommation spéciale	83.250 »	
Frais d'administration	25.000 »	144.025 »
Frais de transport	27.990 »	
Impots, redevances, secours, dépenses imprévues	25.000 »	
Intérêt à 5 0/0 du fonds de roulement (324.790) Capital réalisé 4 fois par an	4.060 »	
Intérêt du capital de 1er établissement à 5 0/0 par an.	11.975 »	
Total des dépenses		314.825 »

Produits :

1.500 tonnes de plomb d'œuvre à 450 francs	675.000 »
Bénéfice	360.175 »

Dans le traité signé entre *M. Verhoëven* et *M. Pastoret*, celui-ci a fourni des renseignements sur l'existence d'un *filon de blende* compact variant de 0,50 à 0,60 centimètres d'épaisseur, presque vertical, ignoré de tous, mais que lui et M. Juge connaissaient et sur lequel ils se proposaient d'exécuter des travaux de recherches.

Nous avons l'intention de demander une autorisation de recherches, et d'aller reconnaître ce filon ; nos recherches feront l'objet d'un rapport spécial.

Nous nous sommes assuré aussi de deux autorisations de recherches, l'une pour un filon de *galène argentifère* près du *village* de *Saint-Etienne-Monts*, où il a été fait un commencement de galerie, dans laquelle on a découvert des filets de galène avec une teneur en argent dépassant six kilogrammes par tonne de plomb d'œuvre ; l'autre pour des affleurements sur la montagne d'*Adré-Mouïssas* à plusieurs kilomètres en amont du village de *Saint-Etienne-Monts*, où il a été fait plusieurs tranchées, recoupant des filons de quartz et des amas métallifères ; on y a mis à découvert des nodules de *galène* pure avec une teneur très élevée en *argent*.

Nous possédons de petits échantillons de ces deux affleurements métallifères.

Malheureusement les principaux promoteurs et propriétaires de ces travaux de recherches sont morts à peu d'intervalle l'un de l'autre et les héritiers, soit par indolence, soit qu'ils n'aient pas été à même d'apprécier la valeur de ces affleurements, où soit enfin qu'ils aient reculé devant des avances de fonds relativement élevées, n'ont plus rien fait et ont délaissé ces travaux de recherches. Il conviendra de les reprendre quand on exploitera les mines de la Tinée, car la teneur en argent est des plus élevées.

OBSERVATIONS GÉNÉRALES

Comme toutes ces mines se trouvent situées sur le versant des montagnes, leur exploitation aura lieu simplement par un système coordonné de galeries, et ne nécessitera aucun puits, ni aucune machine d'extraction ou d'épuisement.

La quantité de bois nécessaire au boisage des galeries sera fournie abondamment et à bas prix par les forêts communales situées à proximité des mines et dont les principales essences consistent en pins, sapins et mélèzes.

Sur les cours d'eau qui passent au pied des mines, et principalement sur la rivière de la *Tinée*, on pourra disposer d'une force motrice considérable, soit pour le lavage des minerais, soit pour les usines métallurgiques.

En effet, la *Tinée* débite, à l'étiage, un volume de plus de six mètres cubes d'eau par seconde, et sa pente moyenne à *Saint-Sauveur* est de deux centimètres par mètre ; de sorte que, avec la vingtième partie de ce volume d'eau, et avec une chute de dix mètres, on aurait une force effective équivalente à une quarantaine de chevaux-vapeur, suffisante pour tous les besoins de cette industrie.

Les minerais pauvres provenant du triage seront enrichis, dans un ou deux ateliers de préparation mécanique établis sur les bords de la *Tinée* et à proximité de la *route nationale* n° 205. Les minerais marchands suffisamment enrichis, soit par le triage, soit par le lavage, seront transportés (comme nous l'avons dit dans la première partie), au port de *Nice*, et à la fonderie de *Marseille*.

Dans le but de réduire les frais de transport, nous croyons qu'il conviendrait de fondre les minerais de cuivre et de plomb, dans une usine centrale située à proximité de *St-Sauveur*.

Les minerais de cuivre seraient simplement fondus pour mattes sans aucun affinage, mais les minerais de plomb seraient traités pour en extraire le métal à l'état de plomb-d'œuvre, lequel serait ensuite coupelé aux usines de *Marseille*.

Enfin pour le traitement des *schistes cuivreux*, et autres minerais *carbonatés* provenant des mines des *Cluchelier*, de *Charontes* et de *Rancels*, on emploierait la méthode par voie humide, conformément aux indications données sur la mine de *Cluchelier*.Cette question mérite d'être étudiée très sérieusement.

Comme nous l'avons décrit longuement dans la première partie, les transports se feront par la *route nationale* n° 205 qui est déjà construite sur une longueur de *quatre-vingt-dix kilomètres*, de *Nice* à *St-Etienne Monts*.

Cette grande voie de communication est destinée à relier le département des *Alpes-Maritimes* avec celui des *Basses-Alpes*, et sera très utile pour le service des mines de la haute vallée de la Tinée.

Cette route longe constamment le bord de la rivière, avec quelques différences d'altitude, mais elle a une pente régulière.

Au confluent du Var et de la Tinée et à la *Mescla*, quand on aura quitté la route nationale, on empruntera le *chemin de fer du Sud* jusqu'à *Nice*.

Enfin on fera *par mer* les transports de *Nice* à *Marseille*.

Nous avons annexé une *carte* au présent mémoire : il suffira d'y jeter un coup d'œil, pour se rendre compte de la situation de chacune des mines, ainsi que des distances à parcourir pour rejoindre la route nationale ou les chemins vicinaux.

TROISIÈME PARTIE

Il convient d'examiner maintenant, quelle est la façon la plus pratique, pour arriver à réunir les *capitaux* nécessaires pour l'exploitation de une, ou de plusieurs des mines qui ont été décrites dans la deuxième partie.

Les études et les rapports faits sur les mines de fer ont démontré que malgré leur richesse et la teneur élevée des minerais, leur situation géographique les rendait inexploitables avant la construction du chemin du fer du Sud, et du chemin vicinal qui relie actuellement *Valdeblore* à la *route nationale* n° 205.

L'expérience que l'on acquerra par l'exploitation de la mine de cuivre panaché de *Cluchelier*, permettra de s'assurer si la mine de fer oligiste de *Millefonts* ne serait pas exploitable avec bénéfices, en reliant les deux exploitations par un cable aérien ou une petite voie Decauville.

La distance et la différence d'altitude ne sont, en effet, pas très grandes entre *Cluchelier*, qui est sur le flanc de la montagne, et *Millefonts* qui en est au sommet.

Quoique les mines de *cuivre* pyriteux de *Charontes*, et les *cuivres* sulfurés et la *galène* de *Rancels* soient dans des conditions d'exploitation bien plus faciles, nous sommes d'avis qu'il faut attendre, pour exploiter ces mines, qu'une Société ait déjà fait travailler sérieusement à la mine de *Chastillon* et à celle de *Cluchelier*.

La mine de *Chastillon* à elle seule exigera des capitaux importants, comme il a été démontré dans la deuxième partie du présent ; quand elle sera en pleine exploitation et en plein rendement on pourra alors s'appliquer à tirer parti des autres concessions de cuivre, de plomb, et même de fer.

L'opinion que nous émettons devra d'ailleurs être soumise à l'appréciation des ingénieurs compétents qui se prononceront en dernier ressort.

A notre avis, et pour le moment, nous croyons qu'il convient de porter tous les efforts en dépensant les capitaux nécessaires pour continuer les *travaux* de *recherches* qui existent seulement sur une petite longueur de découverte du filon de galène argentifère de la mine de *Chastillon*.

Nous nous proposons de nous rendre bientôt sur le carreau de cette mine, avec quelques ouvriers, et un petit matériel, afin d'y exécuter quelques travaux supplémentaires suffisants pour qu'un ingénieur puisse faire un rapport avec connaissance de la longueur du filon découvert, de ses allures comme direction, comme pendage et comme épaisseur, de façon à pouvoir calculer quelle sera, pendant une certaine période, la production annuelle de la mine, en réalisant les bénéfices qui nous paraissent certains.

On pourra alors appeler les capitaux nécessaires pour exploiter et rendre effectives toutes les promesses que nous n'hésitons pas à faire sur l'avenir de quelques-unes de ces mines, et particulièrement sur la mine de galène argentifère de *Chastillon*.

Dressé par l'architecte soussigné, à Nice, le 24 mars 1896.

Pierre ROMANILLE.

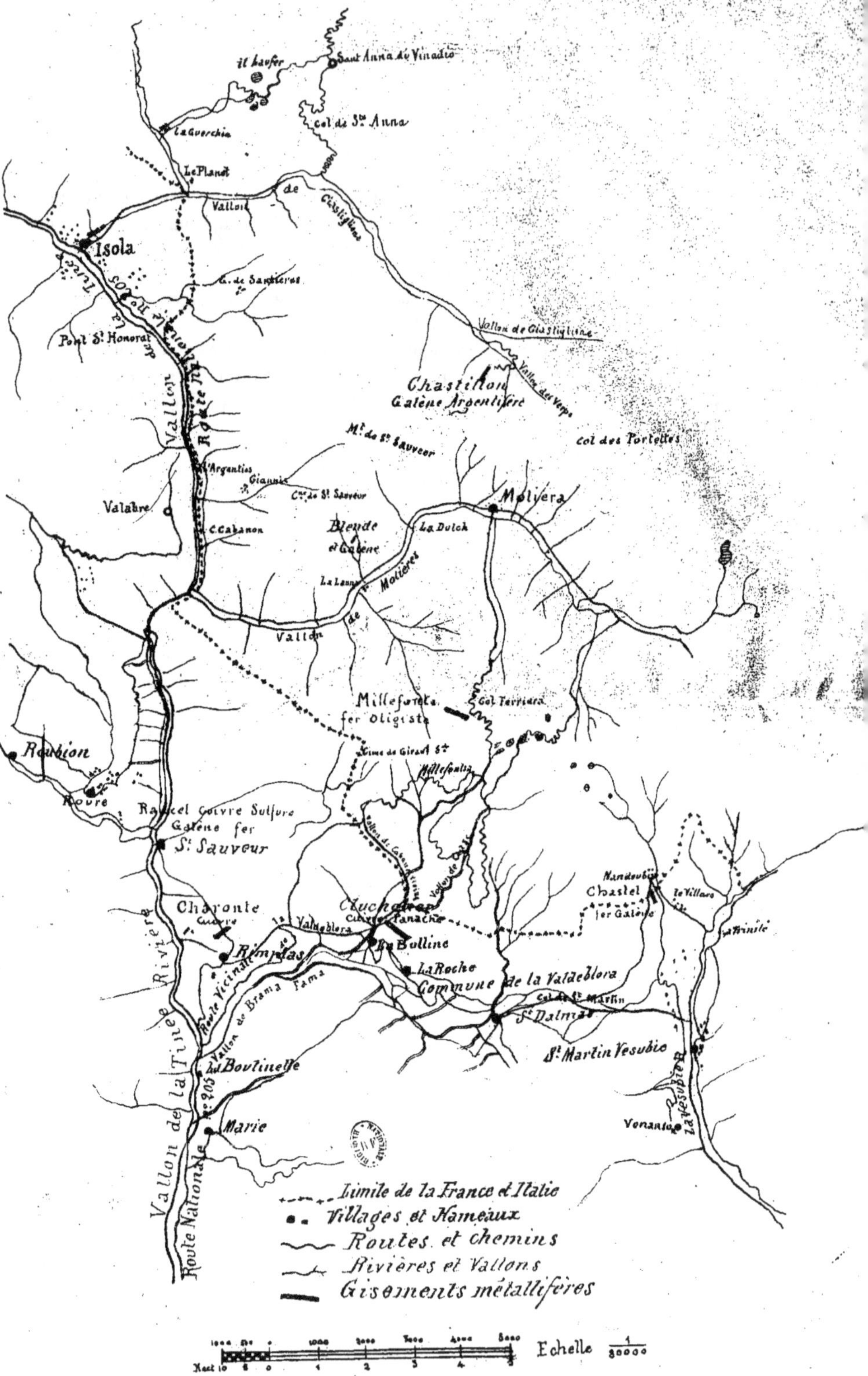

Isola
Pont St Honorat
Vallon de Castiglione
Vallon de Castiglione
Chastillon
Galène Argentifère
Col des Portettes
Molières
La Dolch
Blende et Galène
Vallon de Molières
Valabre
C. Cabanon
Millefonts
fer Oligiste
Col Terriera
Cime de Giraud
Roubion
Roure
St Sauveur
Charonte
Cuivre
La Bolline
La Roche
Commune de la Valdeblora
Col de St Martin
St Dalmas
St Martin Vesubie
Venanson
La Vesubie
Chastel
fer Galène
Le Villars
Rimplas
Route Vicinale
Vallon de Brama Fama
Bouline
Marie
Vallon de la Tinée
Rivière
Route Nationale No. 205
Limite de la France et Italie
Villages et Hameaux
Routes et chemins
Rivières et Vallons
Gisements métallifères
Echelle 1/80000

www.ingramcontent.com/pod-product-compliance
Lightning Source LLC
Chambersburg PA
CBHW060845180626
46818CB00004B/1599
* 9 7 8 2 0 1 1 2 9 0 7 7 9 *